arqueolhar

Alexandre Marino

arqueolhar

L·G·E EDITORA

varanda

Brasília, Brasil, 2005

LGE Editora Ltda.
SIA Trecho 03 Lote 1.760 - Parte A
Tel.: 61 3362.0008 - Fax: 61 3233.3771
lgeeditora@lgeeditora.com.br
www.lgeeditora.com.br

Varanda Edições Ltda.
Caixa postal 6271 - Brasília DF - 70749-970
varanda@abordo.com.br

Editor:
Antonio Carlos A. Navarro

Coordenação editorial e projeto gráfico:
Alexandre Marino

Revisão:
Alexandre Marino e Nádia Monteiro Pereira

Capa:
Rômulo Geraldino (Arte Contexto)

Dados Internacionais de Catalogação na Publicação (CIP)

Marino, Alexandre.
Arqueolhar/ Alexandre Marino – Brasília: LGE Editora, 2005.
112 p.

1.Literatura brasileira. 2. Poesia. I. Título.

CDU 82-1

ISBN 85-7238-192-9

Esta obra foi parcialmente patrocinada pelo Fundo da Arte e da Cultura da Secretaria de Estado de Cultura do Distrito Federal

Dedico este trabalho
à memória de
meus avós maternos, Lolote e Chico Gomes,
e à de tias Nina, Rosária, Nezita e Raquelina;
também a Maria e José, meus pais,
Tia Lourdes,
meus irmãos, Elisabel e Luiz Fernando,
e a Nádia,
companheira de todos os versos e todos os momentos.

Este livro nasceu do desejo de tocar os elementos imateriais, etéreos e mágicos da infância. Sem nostalgia nem saudade; apenas um jogo de escavação, como fazem as crianças no fundo do quintal para, quem sabe, descobrir o esqueleto de um dinossauro.

Sumário

Vazios invulneráveis na poesia de Alexandre Marino

Maria Esther Maciel & Floriano Martins

MEM – Na última parte do poema CHUVA OBLÍQUA, Fernando Pessoa conjuga presente e passado através da justaposição de dois espaços distintos: um teatro e um quintal. Na interseção de ambos, encontra-se um "eu" atravessado de sensações, que – no ato de ouvir a música de uma orquestra em apresentação no palco – é tomado por imagens da infância, num jogo aliciante de cores e sons. O passado se atualiza no presente da música, os espaços se fundem e as cenas da infância se reinventam à medida que se envolvem no ritmo, nas modulações da memória do poeta. Como este mesmo diz: "Todo o teatro é o meu quintal, a minha infância / está em todos lugares...".

Esse jogo de tempos e espaços, de memória e imaginação é também a linha de força do livro ARQUEOLHAR, de Alexandre Marino. Nos 40 poemas que o integram o presente se espacializa em um "mundo inóspito", em escombros, que é revolvido, "escavado", pelo poeta que acaba por "desenterrar" dessa desolada paisagem os traços, imagens, sensações, experiências de uma infância perdida mas que, reimaginada, se justapõe ao mundo presente, transfigurando-o.

O próprio título do livro já anuncia, de forma concisa e incisiva, esse trabalho de "escavação" poética. Vale lembrar que, nos dicionários, a palavra "arqueologia" significa o estudo do passado da humanidade mediante os testemunhos materiais que dele subsistem. Ao manter o prefixo "arqueo" (antigo) e substituir o "logos-(ia)" por "olhar", Marino desloca a palavra de seu território científico, racional, e a insere no espaço íntimo da subjetividade poética. A sondagem do passado torna-se, assim, um trabalho dos sentidos sobre os "testemunhos" ou resíduos não apenas materiais, mas sobretudo imateriais desse mesmo passado, uma vez que este também se faz de sua própria sombra.

FM – É ainda mais interessante este jogo entre espaço e tempo, ou teatralidade da memória, porque não reflete apenas um olhar antigo, mas também uma entrevisão do futuro e o relato de vinculações entre o que se passa dentro e fora do mundo. No poema intitulado SUCATA o poeta relata: "Duas crianças / miram o fotógrafo / e vêem até hoje / o que não aparece / no retrato". Logo em seguida, em outro poema [PASSEIO], encontramos esta imagem: "O menino em sua bicicleta / fecha os olhos / para não ser visto". Este menino, que por vezes se duplica ou multiplica, é o protagonista e também o narrador de um livro que possui um enredo de estimável conseqüência. E em seu ir-e-vir por ambientes assimétricos de tempo e espaço, os testemunhos que recolhe são estampas de vislumbres e experiências, onde a convicção mais judiciosa é a de que "este rosto / que seu duplo encara / não sabe o poder / que o espelho guarda", como vemos no poema REFLEXOS.

Trata-se de uma arqueologia do tempo vivido que não pode ser destacado do que está por vir ou do que não é senão desejo, vestígio, idealização. Como a poesia é essencialmente teatro, o poeta sabe por vezes encarnar o protagonista e deixar que ele lhe mostre alguns truques, ao levá-lo a caminhar por ruas onde as duas figuras se confundem.

Agora, o que me desperta uma atenção neste livro, Esther, é o fato de que todo este ambiente ao qual me refiro se dá sem a obsessão ou imposição de uma ruptura de linguagem. Não há este encantamento pelo diferente que acaba por engessar ou diluir muita poesia que se tem publicado já de muito. Ao mesmo tempo, há um grande salto estilístico dentro do que vinha até então publicando o autor. Ao comparar este livro com os anteriores, Alexandre Marino rompe muito mais consigo mesmo do que propriamente com o que lhe é exterior. E por mais convulsiva que tenha sido tal transição a resultante evidencia uma serenidade, não há conflito algum no tratamento da linguagem, não se sente uma escrita a fórceps, nem artificialismo na construção do enredo do livro.

MEM – Sim, esse desvio do artificialismo da linguagem, aliado a uma narratividade oblíqua (o enredo se dá a ver nas entrevias do dizer poético) e ainda ao exercício não-constrangido de uma subjetividade que é una e múltipla ao mesmo tempo, confere aos poemas de ARQUEOLHAR um traço diferencial, uma dicção singular. Ao invés de malabarismos verbais, Alexandre Marino opta por explorar as várias camadas de sentido da linguagem, como se nela sondasse o que, no poema ARQUEOLOGIAS, ele chama de "as infinitas casas dentro de uma casa./ Incontáveis cômodos, entre corredores / e labirintos." A ausência de um formalismo explícito não significa, porém, uma recusa da forma. Percebe-se que o poeta urde a textura de seus poemas através de um trabalho intrínseco com o ritmo, extraindo da superfície e do interior das palavras o que ele mesmo nomeou de "música do tempo / nessas tardes de silêncio". A isso se soma ainda uma trama bem construída de imagens, que tendo por base a figura do labirinto, assegura o jogo crescente e vertiginoso de tempos divergentes, convergentes e paralelos que sustenta o conjunto.

Um outro aspecto que me chama a atenção no livro é o inventário de coisas, de objetos, que se pode ver em alguns poemas. Por se ater ao trabalho de "escavação" da memória, em interseção com a construção de um devir, Alexandre Marino confere às coisas o papel de "testemunhos" do tempo, visto que elas são capazes de durar, como diria Jorge Luis Borges, "para além do nosso esquecimento". Relógios, frascos de perfume, instrumentos musicais, fotos, canetas, pentes, rosários, pregos, flores plásticas, dentre outros artefatos feitos para nosso uso/desuso ou nosso investimento afetivo, são tomados como parte da própria existência do "eu" poético, seja este "o menino em sua bicicleta" nos tempos de manga e jabuticaba, seja ele o José (desdobrado em vários outros de si mesmo) que se ocupa dos "ruídos do mundo" moderno no poema CÓDIGO MORSE. As coisas – registros da exterioridade sensível do que já foi – integram-se à própria paisagem de alma do poeta e, misturadas com sombras, abismos, dores e falácias desse mesmo passado, sobrevivem "fora do tempo / sempre além do futuro".

FM – E aí estamos, neste mesmo poema a que te referes, às voltas com a previsão do passado, um dos talentos de José, o múltiplo protagonista que é – a um só tempo? – ator, telegrafista, seresteiro, artesão, pai, avô e nenhum – navegante aplicado à deriva dessa teatralidade que ele busca decifrar, entregue "aos ruídos do mundo". Ruídos que de maneira fascinante se corporificam no inventário de coisas em que aos objetos vêm se juntar reflexos, sensações, o hálito da memória e do desejo. Tudo é animação plena, um bulício mágico da existência em que "o fim de tarde arranha as gargantas" [PAISAGEM DOMÉSTICA] e "a boca não descansa, / pensa nas palavras / a desdizer amanhã" [A BOCA]. Ou seja, todos os aspectos aqui anotados – por mim e por ti – estão ao dispor não propriamente da memória, mas dessa articulação teatral com que o poeta investiga seu passado. Uma escavação, decerto, mas que não se limita à configuração de um discurso. Uma investigação que se expande a cada golpe do inesperado, onde o esquecimento influi no argumento tanto quanto a lembrança. Daí que se mesclem – que se confundam mesmo – tempos e personagens, e que todas essas vozes velejem "no limiar do silêncio".

O livro – a rigor o palco onde se encena essa *gestalt* da escavação – não se descuida um só momento da forma, do esmero com a linguagem, de seu embate com os abismos rítmicos e o bailado da versificação. O que há de mais cativante neste teatro é que nenhum dos objetos de sua construção é refém dos demais, que não há um imperativo de destaque, seja do argumento, da forma, do ritmo, seja do passado, do presente, do futuro. Apenas aparentemente o livro se organiza dentro do olhar, pois o faz com todos os sentidos. Trata-se de um arqueolhar imagético porque é através da imagem que o teatro de sombras da memória se revela, porém seu grande foco imaginativo a todo instante nos diz que "o tempo é feito de destroços" e que "ninguém sabe a história inteira". Enfim, é uma delícia que Alexandre Marino dê a este poema-chave de sua poética o título de PAISAGEM DOMÉSTICA. O mundo todo ali à mão, onde a magia não pode se converter em vício ou ofício circense, a convicção não deve criar atritos com a imaginação, a alma não deve nunca se apequenar. Este ARQUEOLHAR nos desvela uma estimável relação do poeta com seu quintal – recordando aqui o Pessoa de CHUVA OBLÍQUA com que tão bem iniciaste esta nossa conversa – e constato feliz que tanto se desfez de certo acanhamento que caracteriza aventuras anteriores quanto não incorre na conduta terminante de muitos de seus pares. Como encerra o poema ESTAÇÃO FANTASMA: "o último trem esvai-se /sobre a História que resta". Não seremos os últimos, jamais.

arqueolhar

O ESTRANHO

Não passas de um intruso nesta manhã de sol,
mesmo que mil olhos abandonem os espelhos
e se acerquem de teu desespero inominado.

Inóspito é o mundo a construir-se à tua volta.
São anticorpos a expulsar o objeto estranho
porque todos os tempos são indecifráveis.

Entregam-te o caos para que o ordenes,
o circo onde duelam felicidades e tragédias,
destroços de vidas para que as reconstruas.

Não há volta ou refúgios para a viagem,
mas um horizonte trancado a chave.
Ali interromperam a tua eternidade.

A casa e o tempo

Séculos duram o tempo de um relâmpago
e as pedras se derretem
aos olhos fechados da memória.
A velha casa empedra-se no tempo
sobre a alma da terra
onde algum dia houve o nada,
o silêncio, desconhecidos elementos.

Algum deus inventou essas paragens
e houve de prever o que nem sabemos;
sobre o solo pousaram estas pedras
estáticas ao redor da viagem que invento.

Os séculos duram o tempo de um relâmpago
e relâmpagos cruzam o céu dos séculos.
Eis o espaço desta casa e seu espectro
e o espectro da criança senhora dos segredos
— uma e outra para sempre humanas.

Esta rua

Esta rua te percorre
e faz de teus passos exílio.
Esta rua te caminha
e vigia,
define teus limites
e espaços,
e de tua saudade
se alimenta.

Esta rua te recolhe,
oferece-te o seio
e conduz ao desterro.
Enquanto janelas te espiam
em noite escura,
flutua sem gravidade,
e te condena
à cegueira das tempestades.

Feita de pedras e essência
de luzes que te cegaram,
entalha-te na alma,
ponto de partida e ruptura,
o mapa de tua ausência.

Não reconheces esta rua
e seu perfil de filigranas,
sinais de presença humana
em meio à multidão;

Encruzilhadas obscuras
e sucatas de maravilhas
escondem o sol à luz do dia
entre as portas apodrecidas
do presídio dos imaculados.

Andarilhos adormecidos
contemplam a rua que se move.
Um astronauta perdido
quer reembarcar nas caravelas
entre seus restos:
pedaços de caminhos,
armadilhas e pinguelas
onde a mendiga dança e canta
porque a rua enfim é dela.

Suicidas arrependidos
indicam-te o norte
para Atlântida.
Sonhos e troféus pesam-te nas costas,
regas monumentos
a iludir tua desimportância.

Uma rua e seus esqueletos
dormitando na tarde.
O tempo dissolveu a carne
de teus ancestrais.
Restam fendas
por onde o sol ilumina os quintais.

A luz desenha antigos sonhos
sobre o solo. E nem sabes
se um dia serão reais.

A rua te conduz ao mundo
e nega o endereço.
Pisas devagar as pedras que não há,
cruzas bisavós mortos de esperar.
Teus passos, ao ritmo do bilboquê,
dão voltas e tropeços.

Ah, mas ao menos estão vivos os fantasmas.

O barbeiro da esquina,
onde a tesoura apara teus sonhos cabeludos.

A escola
onde se calam tuas fantasias.

Os amigos
feitos inimigos no campo da Barrinha.

Um dia, irá o barbeiro para outra esquina,
a escola será invadida por marcianos,
teus amigos expulsos do jogo,
e cairá um meteoro no campo de futebol.

Nesta rua ecoam vozes,
surgem visagens,
dorme o bilboquê envelhecido.
E te lembras de uma cena desimportante;

Soa o sino de pedra
anunciando a última solidão.

Vaga nesta rua a tua alma
ao redor da fogueira
que te devora os ossos.

Esta rua, sentinela sem olhos,
abrigo nos temporais,
abre ex-
            passos
em teus silêncios.

A vida inteira

Vejo sombras, ouço vozes,
choro na cidade em escombros.
Tenho sete anos, cruzo o rio numa balsa,
enfrento a lama das estradas,
conheço histórias de quando a luz se apaga.
Tudo o que amo é estranho.

Lucas, o preto velho mais feliz do mundo,
prometeu-me a grande revelação.
Um dia não estava mais lá,
o barraco às escuras, sem o branco do olhar.
Não imaginava que morrer fosse enorme.
A vida inteira essa ignorância.

Entre paredes de azulejos brancos,
vivo, imóvel, envolto por cordas e maldições,
grito e encaro a irmã de caridade.
Minha mãe expulsa da sala.
Mães não são heroínas,
fala o homem de branco, o homem e seu bisturi.
Um grito sem fim, o nó cego.
A vida inteira a fúria dessas trevas.

Pedras contam-me segredos.
Uma rua comprida conduz cegos e loucos
entre céu e inferno, inferno e céu,
a cidade e a estação.
Conto-lhes os passos, dois mais dois quatro,
para isso os números;

Prenuncio silêncios. Tenho sete anos
e um mistério. Faço contas, escrevo histórias.
Construtor de estradas de piche,
caminho de minhas criaturas.

A professora me dá as costas.
Na ponta dos pés, braço erguido,
escreve "pátria".
As pernas da professora luciluzem,
como os olhos azuis da namorada.
Já não há palavras...
A vida inteira não sairei da escola.

À noite, depois de rezar,
rumino segredos e escuridões.
Algo se move, será o universo?
A maior invenção é a janela.
Ah, o preto velho sentado no fogão de lenha,
os loucos pela rua, a professora cruzando as pernas,
as grandes invenções, a palavra "pátria",
os prós e contras de morrer
e o tesouro enterrado no quintal.
A vida inteira a vida inteira.

Paisagem doméstica

É inverno, não importa o tempo, as horas.
O inverno se esconde nos raios do sol.
O fim de tarde arranha as gargantas.
Seres invisíveis inventam a escuridão.

Fecham-se as portas, a gente desvaira.
Um cheiro de café aponta o horizonte.
Deus implora abrigo entre as cortinas.
Pássaros guardam os cantos no terraço.

Vozes velejam no limiar do silêncio.
Notícias antigas no rádio invisível.
Vestígios de velhas fábulas.

Ninguém sabe a história inteira.
Evocam-se vazios invulneráveis.
O tempo é feito de destroços.

História eterna

Aos dezessete, a avó não sabia
se amamentava bonecas de pano
ou brincava com a filha mais nova;

Nascidos os netos,
aviso precoce da velhice,
viu fantasmas na alcova;

O avô contava histórias
na cidade às escuras,
olhos cegos, olhar iluminado;

E se chovia e trovejava,
ouvia-se o clamor de Tia Rosária
a São Jerônimo, Santa Bárbara;

Tia Lourdes enxergava o mundo
pelo buraco da agulha
da máquina de costura;

No fogão à lenha fumegava
o tacho de cobre dos ciganos
e o mundo tinha cheiro de goiaba;

Tia Raquelina repartia esperanças
com as crianças pobres
do Grupo Escolar Abraão Lincoln;

Tia Nezita bordava monogramas,
e na madrugada buscava o pão,
sussurrando orações e pragas;

A cidade era um perigo.
Leprosos a percorriam a cavalo
distribuindo balas aos meninos;

Tia Nina partiu para o convento,
uma espécie de presídio
pelo crime de amar a Deus;

Aos sábados, Sá Afonsina
escolhia uma vítima no galinheiro
e exibia dotes de assassina;

Pequi rosnava em tom menor,
mas em noites de São João
escondia-se no quarto proibido;

Deus criou ali um mundo à parte,
a salvo de astrônomos e telescópios,
e não pôde mais descansar;

Ainda que a vida parasse,
um sonho se movia em contínuo,
e era vasto o pulsar da paisagem.

Arqueologias

As infinitas casas dentro de uma casa.
Incontáveis cômodos, entre corredores
e labirintos.
Passagens secretas,
quartos abandonados,
paredes falsas
por onde fantasmas navegam seus instintos.

No banheiro, sinais de uma presença
sem testemunhas.
Um nome proibido e seu vazio.
O perfume de sabonete Labas
e a gastura de fincar-lhe as unhas.

As gavetas onde o pai esconde as amantes,
uma flor seca entre as páginas do caderno,
as janelas invisíveis
onde mãe e filhas se debruçam para sonhar,
uma bola que nunca mais voltou à terra
e um muro que limita três mistérios.

E há outra casa e dentro ainda outra,
onde plange um violão doente de cupins,
um violão que se atira ao quintal
em noites de vendaval,
abre cordas e peito à ventania
e desperta um morto no jardim
para a última cantoria;

Mas há outras casas, e outras
enterradas sob a alvenaria,
onde se ouve o amor dos gatos no porão
e seus ecos no coração de uma tia
em eterna vigília no fogão,
enquanto chegam as notícias
à mesa da cozinha.

E no guarda-roupas do último quarto,
um espelho esclerosado
reflete sorrisos senis de crianças mortas,
na escuridão do dia ensolarado.

Ainda entre as paredes de outra casa escondida,
uma cortina veste o rosto da senhora arrependida,
e no oratório, santos expiam culpas
ouvindo confissões das filhas de Maria.

Mas há outras sombras soterradas
sob os alicerces de tantas epigamias,
entre ladrilhos rotos e canteiros d´alface,
jabuticabas maduras e rosas ressecadas,
o cão de guarda farto de fobias.

Sob a terra, vermes se embriagarão
com os restos da adega feita em lágrimas
e os suores de mortais enquanto vivos.

Não haverá poças após as chuvas,
frutas a colher, pássaros nos fios.

Não vou chorar pelo tombo na escada.
Não haverá escadas.
Haverá o espanto dos arqueólogos
ao desenterrar
entre choros
o meu sorriso.

Quintais

O quintal, seja mar ou pântano,
refúgio que pulsa entre ruínas,
mundo possível por trás das cortinas,
carece de atlas a desbravar arcanos.

Furna misteriosa a infantis olhares,
campo de noturnas epifanias,
embebeda-se de gotas de orvalho
e exala máculas de cintilas.

Pássaros e crianças se amparam
em alguidares de alocromias,
lápis de cores filosofam-se diáfanos
enquanto não se rompem as gelosias.

Ah, o quintal, oceano de fantasias,
atira ondas de poeira na alfama
e resvala sobre os beirais do nirvana,
memória cigana de remotas aporias.

Senhor do terreiro

A casa de chocolate exala
um perfume de dama da noite.

Gotejam aventuras das roupas encharcadas
a secar ao sol.
Pequi ladra na madrugada
para os fantasmas que dormem.

Dragões devoram embarcações
e cospem fogo
sobre as naves espaciais.

O progresso chega à horta,
estradas serpenteiam entre roseiras
e pés de alface.
Heróis sobre cavalos-de-pau
descrevem terras inexploradas,
alertas aos gritos de socorro
vindos do fundo do quintal.

São indefesas as galinhas
diante da fúria dos galos,
ao herói cabe salvá-las.

À sombra das mamonas,
uma banda de música aclama
o senhor do terreiro,
magnata dos pedregulhos,
mágico inventor do mundo
e seus refúgios.

A PALHA DA MEMÓRIA

Sorri há quarenta anos
no armário
o que resta do palhaço.

Sorri para as traças,
baratas e pó.
Ácaros acariciam
a palha da memória.

Sorriem o palhaço,
os ratos,
taturanas,
bichos anônimos
do porão.

O riso ecoa
no aviso
do calendário:
acorda, palhaço,
o futuro escoa
pelas gretas
da história!

Ao sorriso
do palhaço
resta o bolor
que lhe rouba
a inocência,
o mofo
que difama a glória;

É magro o palhaço
graças aos anos
de armário,
onde se escondeu
a criança.

E o corpo do palhaço,
sua própria mortalha,
é íntimo de carunchos
fartos de infância,
que não sorriem,
gargalham.

Descoberto,
o palhaço
revê o sol
entre as ruínas
do quintal.

Miram
um homem sério
e seu olhar de susto
o palhaço e os insetos,
para a história
ressurrectos.

e quando o sopro do tempo
levanta poeira e memória,
dentro do armário, perplexo,
o rosto sorridente do palhaço
chora.

Receita

No início, nada além de caos e fome
e uma rua que jorrava diante da janela.
Trouxeram farinha de trigo, açúcar, ovos,
que mãos remotas entornaram na gamela.

O mundo era um deserto sem destinos,
só um pouco de sal, bicarbonato, canela.
Havia ainda óleo de milho e margarina
para que a história se tornasse eterna.

Avó e tias trabalhavam com esmero
invocando o poder divino das essências
tempero do tempero de tantas iguarias;

O forno exalava calor e esperança,
que na mesa da cozinha se servia
para adoçar os abismos da infância.

As limas

Venha, menino,
as limas estão maduras
e sangram sobre a mesa
o desejo do alimento.

— É a voz de mãos velozes
alisando o corpo da fruta
para o ritual da festa.

A casca esverdeada da lima,
meio tom entre chuva e sol,
exala um cheiro de tarde
e altera os ritmos do quintal.

Um por um, os gomos desnudos,
banidos de amargores,
adormecem no tachinho
para a intenção dos sabores.

Não, menino,
as frutas não sentem dores.
Antes ficam mais vivas
se não há esquecimento.

— É a voz do mesmo lábio
entorpecido de paladares
diante do aroma antigo;

Os gomos se reproduzem
ao atiçar os olhares.
O sabor de toda fruta
é feito de encantamento.

As cartas

Letras redondas de mãos trêmulas,
entre os óculos de ler e o vaso de flores plásticas,
mistérios amalgamados na mesa da sala.

Para quem a essência
das linhas curvas, o derrapar das letras?
A dobra do papel, os medos,
a língua no selo e na borda,
o nome da irmã distante sobre a fronte.
Estamos bem, graças a Deus,
pede socorro por estarmos bem,
graças a Deus e Deus não vem.

Talvez Deus a leia naquele intervalo de silêncio,
palavras sufocadas, agonia adormecida.
Notícias, segredos e mentiras,
envelopes são roupas da mesma casta.

Alguém a lerá com olhar sereno e gesto indecifrável,
leve movimento da cabeça e um apertar de lábios.

De uma gaveta retirará papel e caneta bic azul,
e ao sentar-se à mesa e derramar palavras,
movimentos se repetirão em moto contínuo
nesse ir e vir de dores e falácias,

Até que outro envelope, letra distinta,
informe o fim do ciclo. E o maço de cartas,
amarrado com barbante encardido,
alimentará a erudição das traças.

A BOCA

Que perversas ironias pronuncia
essa boca desnuda
vestida de dentes obscenos?

Boca insone a gargalhar
em silêncio,
entre os que dormem
destituídos de seu mastigar;

A boca não descansa,
pensa nas palavras
a desdizer amanhã.

Sem lábios a esconder sarcasmos
ou moldar sorrisos,
sem uma língua soberana
a mover argumentos,
dorme a bocarra,
desperta

Como um afogado
a sussurrar um último desejo,
a bocarra
— em estado de eternidade —
lança ao mar seu pedido de socorro.

Como se o mar também se afogasse
em copos de vidro...

Mal se pode ver-lhe a arcada na escuridão,
enquanto o cérebro,
sob cobertores e pesadelos,
ressona palavras aleijadas
entre céu da boca e lábios murchos;

Amanhã, esconderão o sarcasmo
daquela boca indecifrável
a que falta um olhar.

PEDRA DE AMOLAR

Uma pedra
exilada de seu berço
— qual regato? Que fundo de rio?
Que borda de serra? —
veste roupa, conquista um nome
e nova missão sobre a terra:
dar vida à lâmina
que imortaliza a laranja
com o perfume do sumo.

As grosseiras mãos de um velho senhor
preparam o canivete
para o corte do fumo,
e a pedra
permanece desperta
sem cansaço ou ardor.

Testemunha silente,
a pedra oferece a pele
ao renascer da faca
e observa, alheia,
a chuva no terraço, goteiras na sala,
o sol a queimar as samambaias
e as lâminas cegas de velhice,
sobreviventes
ao homem trêmulo
e impotente,
que tenta afiar o olhar
na pedra de amolar

Um dia, nos escombros do futuro,
em certo altar abandonado,
entre paredes e entulhos
de um alpendre, um terraço,
ossos, restos, rastros sobre a terra,
irremediavelmente oculta
ou apenas insepulta,
lá estará a pedra
insone,
a recordar, sem saudade,
um regato, um leito de rio,
uma borda de serra.

Fruteiras

Mangas e jabuticabas
se amavam, obscenas,
entre entulhos no quintal.
Exalavam fluidos e perfumes
prazeres infantis
quando os frutos maturavam.

Havia sombras,
havia o silêncio,
o vento fresco e sereno.
E pássaros a sugar suas delícias,
felizes de ser livres entre as folhas,
ofuscando o canto
dos curiós aprisionados.

Entre alicerces de muros e meiáguas,
davam-se galharias, cruzavam raízes,
e esse amor insano e afoito
provocou rachaduras
nas paredes da casa.

E antes que telhados viessem abaixo
sobre as cabeças comportadas,
arrancaram-se dos porões serras e machados
remédio contra amor rebelde e invulgar.
E já não há mangas. Já não há jabuticabas.

Gaiolas

O velho artesão e suas gaiolas:
ripas de madeira trançadas com arame,
limites do corpo, delírio de vozes.

Olhos de pássaros enjaulados:
o canto em desespero
na busca do invisível.

O avô e seus pássaros inêufonos,
a quem o vento segreda
a direção de novas prisões.

O velho artesão
e sua velhice melódica —
à janela, o silêncio do mundo.

O amor de asas cortadas
não conhece a rosa dos ventos;
nem vôos, nem movimentos.

O PIANO

Dorme um piano
entre as cinzas do porão,
onde os gatos
e suas ninhadas,
indiferentes à escuridão
ou qualquer sinal de morte,
caminham sobre o teclado
e descobrem o imponderável
(como se ordenassem:)
acorde!

O OBOÉ

A sombra de um oboé
junto aos cacos
de um candelabro,

A música do tempo
nessas tardes de silêncio,

O espectro do campanário,
o sorriso dos mortos,
entre paredes demolidas
e sua abstrata aspereza,

As serestas,
o silvo do vento
e das calmarias;

O suspiro
das noites de tristeza,

A alma do oboé,
prisioneira do antiquário,
e seu choro
quando sopra a ventania.

Cãs

Diante do espelho, o reflexo
do relógio da sala:
o tempo corre inverso
e a si mesmo devora.
Digere meu pensamento
e o que resta é memória.

As décadas que conheci:
águas revoltas de um rio,
correndo em círculos
no deserto.

Manchas da civilização
colorem minha pele pálida.
Dos primeiros fios de barba
a prenúncios de cabelos brancos,
o que aprendi nesses anos?

Personagem
das margens da história:
o relógio da sala,
que mancha de vozes
        a parede
quando badala,
mira-se no espelho
        de minha fala;

E nesse labirinto de fendas
e becos escuros,
revelam-se os fantasmas
de quem sou refém:
agora e antes, e fora do tempo
sempre além do futuro.

REFLEXOS

Este rosto
que seu duplo encara
não sabe o poder
que o espelho guarda.

Construtor de imagens
pelo avesso,
exibe o reverso do sorriso,
as lágrimas
e seu secreto mecanismo,
imagens de soturnos traços
ocultas sob a pele de outros feitios.

O toucador
silencia ao som das vozes
que no quarto reverberam
e o espelho converte em ecos, pensamentos,
histórias que o futuro,
paciente,
espera.

O espelho e seu rosto,
agora ausente,
aspiram ainda o perfume
do frasco vazio,
do pó-de-arroz
e outras essências;

E a alcova,
onde ninguém habita,

ouve os sussurros
desses lábios que se foram
sobre as marcas de um rosto
jamais ausente,
embora
transparente.

Sobre a penteadeira,
entre cosméticos, porta-jóias, bijuterias,
o tempo caminha em círculos
numa prisão de luz,
e produz estilhaços de beleza,
depois abandonados
nas gavetas;

E os pensamentos,
aos pedaços,
como fios de cabelo perdidos,
procuram seus reflexos grisalhos
entre as manchas do vidro
e as imagens do espelho,
que são apenas
exílio.

Carta a Mariazinha

Onde andará Mariazinha,
com seu triste olhar de susto
e rosas desamparadas?

Mariazinha fugiu pela estrada
levando uma bolsa
onde não cabe nada?

Mariazinha quer chorar, pois o mundo é grande,
tem a vida à espera, mas a vida
não é mais que fastios e enganos.

Mariazinha mira o desconhecido,
não sabe do efêmero e de infortúnios
nem conhece esperanças.

Mariazinha tem um sonho,
e só nesse instante
soube entendê-lo, e nunca mais.

Mariazinha, teu olhar de susto
mira essa avalanche
de neve, lavas, palavras,
varrendo entrelaçadas
montanhas e praças.

Mariazinha, não sei o que fazer por ti,
o meu olhar te acompanha
nesse não haver distante

Quando nem infância nem velhice
trouxerem fantasias ou respostas
também me perderei nesse semblante.

A única herança
que recebemos de mãos dadas
é esse encontro, essa despedida
e o mesmo olhar de espanto
com que miramos o mundo
ao soar a avalanche,
nossa volta ao ponto de partida.

Código Morse

(1)

Traços e pontos
traduzidos em palavras,
silêncios,
choros,
espantos.

José, radiotelegrafista,
se entrega
aos ruídos do mundo:

Indecifráveis poderes humanos
— noticiar nascimentos e mortes
invisíveis.

Prever passado e futuro
nos impulsos elétricos
do código morse.

(2)

Nas vibrações de versos
afagando estrelas,
silêncios,
choros,
espantos,

José, seresteiro,
constrói lampejos
em noites chuvosas.

Invisíveis poderes humanos
— despertar sonhos e desejos
indecifráveis.

Erguer ranchos e igrejas
a etéreas
sertanejas.

(3)

Reabilitado navegante
à deriva de
silêncios,
choros,
espantos,

José, ator,
inventa o mundo
onde aportei.

Inexplicáveis debilidades humanas
— edificar sobre sonhos voláteis
uma civilização.

Transmudar-se em pai e avô
consolo do personagem
de um outro ator.

(4)

José, artesão,
maneja o canivete
com paciência divina.

Recém-nascidos rostos
expressões do mundo,
silêncios,
dores,
espantos.

Enganosos poderes humanos
— moldar criaturas à sua imagem
e semelhança.

(5)

Os impulsos elétricos
do código morse
eternizam o canto
do seresteiro,
que o ator encena
para não morrer.

Valsa

Havia uma valsa
de fazer Tia Rosária chorar.
Ritual de invocar fantasmas
encarnados em acordes e fermatas.

A magia da vitrola
e suas notas expostas ao tato da memória.
As noites insones
e a surdez de Deus.

Havia um tempo que morreu.
Entre paredes, sob as tábuas da casa,
cabides vestidos de vestidos abandonados,
quem se esconde, quem resiste além da morte
e vem dançar ao ritmo da valsa?

FLAGRANTE

Tia Raquelina ressurge de um silêncio
e atravessa para outro,
por uma estrada ancestral
e prepara um próximo passo
em direção a um futuro indecifrável
ou um passado refeito
onde é aguardada para sempre.

Haverá de chegar a alguma dimensão estrangeira
do impensável,
recebida por visitas tardias e ainda sem nome,
ao redor de uma igreja também a manter-se de pé,
equilibrada numa gravidade imensurável,
ao redor de passantes e seus destinos.

Pássaros se aninham na alma
desse telhado invisível,
entre memórias dissolvidas
em paralelepípedos e calçadas.

O olhar de Tia Raquelina fixado
em destinos estanques,
árvores desnascidas
e uma pergunta sobre intenções e gestos,
um exato segundo escondido entre lapsos de tempo,
ruídos, cheiros e calores dispersos
na solidez do instante;

O pássaro no abandono do fio,
o sino e seu badalar silencioso
em fermatas noturnas,
e uma caverna do tempo
onde estaremos certa manhã
à procura de deuses sem nome.

Bazar

Os lápis não escrevem,
apenas pensam.
E aguardam um chamamento
que desperte os objetos
no escuro do bazar.

A noturna reza dos santos de gesso
pela vida que se foi e permanece.
Correm as contas dos rosários
pelos pregos das paredes.

No canto, Tia Nezita borda um monograma
à espera do freguês e sua busca por um sonho,
um milagre, um pente,
uma escova de dentes, uma xícara,
um consolo.

O bazar vende crenças e milagres
ocultos no velho armário.
Estampas de São Pedro e São João
para seus dias de glória em junhos.

Entre prateleiras de madeira,
cartões de Natal,
votos de Feliz Ano Novo,
dormem os fantasmas que nenhum futuro,
nenhuma guerra planetária,
afastará daquele pequeno mundo a extinguir-se.

Álbum de família

A bisavó, cansada e insone,
dormita sob o mofo da gaveta.
Seu rosto, maquiado de azinhavre,
esconde-se entre névoas e poeiras,
e sussurra pela metade
as últimas palavras.

Um velho de bigodes
sofre de amnésia,
e procura antigo domingo
entre as escleroses de um calendário.
A cidade parece ensolarada,
homens de chapéu diante da igreja
não sabem por que rezam.

Nove rostos fitam um tempo de mistérios
estancado no relógio sem corda.
Roupas nos cabides guardam intenções de gestos.
De repente, um silêncio, um ciclone,
e os homens se transformam em estátuas.

A cidade, monstruosa,
devasta a terra fértil e as filhas castas,
sufoca sob o asfalto o riacho que a atavia e lava,
envenena aos poucos heróis e canalhas.

A cidade parece sombria,
ao amparar etéreas criaturas
entre suas próprias miragens.

Ossuário

Vozes e olhares infrutíferos,
angústias que estancaram o tempo,
histórias jamais contadas;

Lágrimas que cegaram os sentidos,
certa imagem numa rua solitária,
um diálogo sem testemunhas;

Pesadelos que abalaram a terra,
passos silenciosos nos corredores,
astúcias aniquiladas;

Um dia sem calendários,
o acaso que não houve,
o silêncio de Deus;

Memórias de memórias de memórias,
existências quase inexistentes,
crianças mortas de velhas;

Palavras vomitadas para dentro,
segredos clamados no deserto,
um sussurro calando trovões;

Sonhos escorridos entre os dentes,
um vazio cheio de cicatrizes,
os desejos dos que se foram com zelo;

São os ossos das almas,
que os jazigos escondem.

A ÁRVORE

Algo humana, alimenta-se de almas.
Há um olhar em cada folha,
certo movimento solidário,
no caminho que seus galhos percorrem.

Há de ser centenária
para tanto poder
nesse silêncio,
na suave dança com o vento,
no aconchego de seu movimento.

Uma árvore não é uma árvore
se parece chorar,
ao se debruçar sobre a cidade
e proteger
a fragilidade dos homens.

Muito além de humana,
essa piedade vegetal, eterna rama,
dá sombra a gerações obscuras,
sem dor ou sorriso, sequer um sinal.

Ela expia pecados sem perdão
ao espelhar os olhares
adormecidos em seu colo.

Uma árvore é lição de vida
quando recolhe em seus braços
— como pássaros —
as almas que sorve pelas raízes;

E se acaricia o concreto,
parceiro de futuras batalhas,
faz feliz quem visita uma cidade.

Centenária,
conserva o sorriso de criança.

Estação fantasma

O último trem esvai-se entre cães e formigas,
desfeito em fumaça, névoa de lágrimas,
não despedidas, mas desviagens.

Nada se move sobre os dormentes,
pássaros noturnos farejam a terra áspera.

O último trem é mera relva,
nem alimento, nem daninha, nem paisagem.
Destino perdido, futuro sem estradas.

Qual a direção do horizonte,
pergunta o condutor a seu fantasma.

Insepultos motores ardem
um país em pânico à espera.

Almas desnascidas repousam na estação
diante das sombras do sol entre as trevas.

Aqui plantaram a pedra que chora
e os deuses sobre a pedra outra selva.
A terra sangra.
O último trem esvai-se
sobre a História que resta.

Velho barco

Mensageiro dos deuses da chuva,
onde navegará o velho barco
enlouquecido de notícias
que zarpou
sob a primeira tempestade?

Cargueiro de promessas e pecados,
lotados os porões
daquilo que me afoga,
ousará o velho barco,
à deriva de outros sonhos,
salvar do naufrágio
o néscio navegante?

Amor pequeno

Líquidos olhos
aos quais atiro espantos
como rosas,
transbordam sobre meu caderno
e afogam a tabuada
entre sustos e banzos;

Gestos de mãos pequenas
contra medos enormes
e despalavras alagando vozes.

Líquidos cabelos,
tempestade em meus olhos,
despertam ventos e tremores,
projetam miragens
na prova de língua pátria,
calafrios no pensamento
e uma sombra incendiada
nas horas estanques dos domingos.

O pavor do escuro
— insapiência feita de paraísos —
não vou sozinho à sua procura
meus olhos cegos de pureza
carecem de lanternas e de bússolas.

Heróis do cinema

para Marco Túlio Costa

Não vamos a pé, vamos a cavalo
ou a bordo da nave espacial,
até o planeta Arcabalansinviluzidálio,
onde escondemos nossas tralhas
no baú de sonhos,
perto do Texas, perto do Kilimanjaro.

O mundo precisa de heróis,
cá estamos nós.
Criadores de caubóis e seus cavalos,
viajantes espaciais, avatares.
Pintores do arco-íris, guerreiros de magias
do lápis de cor e da caneta bic.

Todas as vidas cabem no cinema,
imensa estrada vazia
no branco do lençol suspenso no armário.
O papel colado com grude de polvilho,
a luz do projetor
e a família à espera do clímax.

No quarto escuro os deuses do papel
apresentam sua nova obra-prima.

Sucata

Diante da igreja
onde me batizaram
fecho os olhos e vejo
um Gordini estacionado.

Duas crianças
miram o fotógrafo
e vêem até hoje
o que não aparece
no retrato.

(Derrubaram a igreja,
o carro converteu-se
em sucata.
Restou a fotografia em preto-e-branco
e alguns santos exilados.

De onde exala o cheiro
dessa nave
que não há mais?)

Dois segredos
pertencem às crianças.
A lembrança do Gordini cor-de-rosa
E do padre de meias lilases
(a certa altura
ele entra na igreja fantasma);

Quem mais há de ler
as entrelinhas coloridas
da fotografia cinzenta e pálida?

Passeio

Pássaro sem asas
que sobrevoa a cidade,
a bicicleta
é feita de ossos e carne.

Lá vem o sol montanha abaixo,
nas ondas dos lápis de cor.
Uma porta amarela
dá passagem a outro mundo:
feito de alocromias
na viagem das aquarelas.

Um cego tateia a luz
que transborda do chafariz.

O menino em sua bicicleta
fecha os olhos
para não ser visto.

No Largo da Matriz
soa o badalo do sino...

A Sorveteria Primor
ganha um beijo da tarde ensolarada,
e bate um vento nas figueiras
em busca de mim.

A bicicleta aprendeu os atalhos.
Antiga e nova, a cidade
mapeia minha sapiência,

rostos me indagam
sobre destinos, demências,
bons augúrios, fosse eu um mago
ou mera ausência.

O sorveteiro da rodoviária
e sua máquina musical,
notas de açúcar flutuam na praça
entre o gongo das partidas
e o samba dos engraxates.

O cinema anuncia um faroeste,
tiroteio na tela e no carrinho de pipoca.
No bolso da camisa xadrez,
drops Dulcora e duas moedas de dez.
Dançam as luzes
aos acordes de Percy Faith.

O lanterninha apreende gibis
e expulsa quem estala chicletes.
Mas as luzes se apagam
e cavalos galopam em nossas veias.

Penso no Cavaleiro Negro, Zorro
e Tonto. Aiô Silver!

No domingo é diferente,
o sol bate devagar.
Monsenhor Matias pára a missa
e reclama das mulheres,
belas criaturas diabólicas,
e seus olhares sob os véus,
suas coxas indomáveis.

Luiza, minha amada secreta,
usa véu, toma a hóstia,
fecha os olhos e reza.

Todas as tardes vem o Mudo,
o Anão-com-sua-Carroça-de-Cabritos,
o Vendedor-de-Algodão-Doce.

A bicicleta sobreviveu aos tombos,
equilibrou-se,
agora anda sozinha.
Tia Maria manda buscar mangas,
lá vou eu ladeira acima.

A Cadeia vigia a cidade
do alto do morro.
Desvio o olhar
da janela cheia de braços.
Pedalo rápido
mas ouço o ti-ti-ti
do radiotelégrafo.
Meu pai recebe notícias do mundo.
Há um cheiro de mofo naquelas escadas
que nem o perfume das mangas apaga.

Ultrapasso o muro do Carmelo,
guardião de sete mistérios,
estou do outro lado da terra.
A cidade expõe suas clausuras,
matas, erosões, rachaduras.

Não tenho norte,
algo a escola não ensina:

Tabuadas não resolvem
um olhar inesperado.
Volto para casa, café e biscoitinho-de-soda.
Estradas entre canteiros d´alface,
automóveis e caminhões
à espera do gigante.

É quando mais penso
que me sinto mais estranho.
Fecho o caderno,
é hora do banho.

A SOMBRA

Lá vai o menino
e o homem invisível
que o acompanha,
feito de sua própria sombra
a jorrar-lhe das entranhas

Esquinas distorcem seus passos esquivos,
um pensamento, a ladeira cega.
Maduro, o menino,
sombra de outra sombra,
vai cumprir sua tarefa.

Sonha um segredo, um brinquedo,
nada mais que um gesto
a alguém eternamente imóvel
nos limites de uma janela.

Ninguém sabe as dores que carrega.
Só este, mera sombra,
imóvel movimento,
cópia de um gesto, banal viagem.
Revolve no bolso
bolas de gude,
inscícias e sapiências,
uma dor efêmera,
e a carta que leva.

O caminho de volta,
a mesma rua,
o homem que não vê,

escravo e senhor
de sua inútil soberania.

O sol que lhe cega os olhos
também lhe queima a sombra
e ilumina o caminho dessa carta
sem resposta,
destino ou remetente
que marca o encontro
entre espera e ausência.

E antes de partir o gelo
do abandono,
o menino aguarda,
à sombra da solidão
desse mundo imaginado,
o último aceno
de sua própria carne dilacerada.

ESPERA

Vê, homem, tua face ao contrário,
as mãos cruzadas sobre a alma,
e o olhar de desamparo
na estrada às tuas costas.
O horizonte, jaula circular,
esconde a linha do trem
que se perde, devagar,
na paisagem doméstica
criadouro de tuas feras.

As montanhas guardam sonhos de velhice,
imortalidade temporã.
Que futuro é esse,
que viaja entre pedras e arbustos
numa estrada abandonada?
Ou é apenas uma nuvem
em forma de palavra?

Ouve, homem, o pensamento distante
sobre tuas calças curtas,
joelhos ralados nessas pedras,
a plataforma vazia onde o silêncio espera.
A chuva ameaça teu bigode
desenhado a lápis-cera.

A DEMOLIÇÃO DA SANTIDADE

A igreja sobre a paisagem dispersa,
halo de contrições e ritos,
são pedras roídas pelos anjos
e seus vaticínios.
Agônico desejo de falar com os deuses,
coágulo de transgressões.

Uma criança à espreita do invisível
em vão esforço de abstinência,
e um confessionário
onde se aprende a pecar.

Escura névoa invade a nave
com orações e aporias.
Envolve a nudez sob véus
e o canto alegre dos morcegos
na sacristia.

Uma escada conduz à torre,
um relógio desvenda o futuro.
Outra conduz ao céu,
mas as culpas escurecem o percurso.

O eclipse da hóstia esconde fantasias
e a amnésia dos fósseis.
Soldados no vidro de toddy
abrem fogo contra as filhas de maria.

Pedras suspensas sustentam os sinos
e os impropérios de um deus emudecido;

A igreja dispersa na paisagem
sabe apenas dos que partiram.

Abstrata casa de pedra,
existência desfeita em cismas.
Afogado na pia batismal
rogo pela hóstia perdida,
a história sem nódoas,
esperança entre ruínas.

Magias

Lembro-me da criança
e seus poderes mágicos.
Dava conselhos ao cão
pintava a lua de verde
e fazia jorrar das goiabas
lágrimas de tangerina.

Cavalgava um dragão invisível
e movia com o pensamento
as pedras do jardim.
Ensinou o curió a olhar as horas
e dublar o cuco ao meio-dia.

Inventou heróis, deuses, elefantes alados,
violeiros que cantavam ao abrir-se uma gaveta.
Da cestinha de costura resgatou um coelho
que fazia sorrir a tia em noites de pesadelos.

No fundo da horta, junto ao muro,
enterrou meia dúzia de palavras
a que daria novos sentidos
em incerto futuro.
Escondeu à sombra um arqueolhar distante,
uma dezena de objetos desimportantes,
um talismã, uma saudade,
o mapa do tesouro
e a fórmula secreta da magia.

Circo

Vou-me embora, meu pai,
este corpo diáfano
parte em busca do lendário:
o que não existe
é ferramenta, matéria, horizonte,
santuário de não saber nada.

Ao redor da cidade
o trapezista flutua.
O palhaço tira o chapéu
e, líquida, a lua
derrama-se entre estrelas
sobre o véu
da mulher barbada.
O elefante exibe sua delicadeza.

Malabaristas malabalizam
meu futuro, ainda feito
de sustos:
Vou-me embora,
agora e sempre,
neste globo da morte onde gira
o que a vida promete,
ainda obscuro e silente.

Indomáveis feras adormecidas,
sol e chuva, solitários viajores,
a vastidão para meu pequeno corpo
aprendiz de domador,
coração movido a espantos;

O circo e seu bestiário,
a aura mágica do mágico:
a lona esconde desejos
além de meus olhos fátuos.

E lá adiante, meu pai,
um realejo, a sorte lançada,
o dobre de um sino,
a estrada.

Passos (MG), Brasília (DF), 2001-2005

O autor agradece a contribuição de
Floriano Martins, Maria Esther Maciel, Walter Mota,
Rômulo Geraldino, Sérgio de Sá e Gláucio Dettmar.

José Alexandre Gomes Marino nasceu em Passos (MG), em 1956. Aos cinco anos escreveu seus primeiros contos, e aos 10 já reunira um respeitável acervo de poemas. Criou também histórias em quadrinhos e uma rudimentar forma de cinema, desenhado quadro a quadro. Em 1972, na adolescência, foi um dos fundadores e editores da revista literária PROTÓTIPO, que despertou a simpatia dos professores e a implicância dos militares da cidade. Prêmios literários e o prazer sempre renovado de ler e escrever fizeram da literatura sua utopia pessoal. Mudou-se aos 17 anos para Belo Horizonte e se formou em Comunicação Social pela Universidade Católica de MG. Vive desde 1982 em Brasília, onde trabalha com jornalismo, publicidade e assessoria de imprensa, depois de atuar durante 13 anos nas redações do JORNAL DE BRASÍLIA, CORREIO BRAZILIENSE, JORNAL DO BRASIL e O ESTADO DE S. PAULO. Tem publicado contos e poemas em grande número de revistas e jornais de literatura.

Este livro, composto em tipologia Garamond, Courier e Abadi MT, foi impresso pela Quick Printer Impressos Rápidos Ltda para a LGE Editora Ltda, em papel pólen 80g e cartão supremo 250g, em Brasília, DF, Brasil, em setembro de 2005.